猛虎勇士 7

封印的龙王

[英] 陈美希 著 徐莎莎 译

中信出版集团 | 北京

图书在版编目（CIP）数据

猛虎勇士. 封印的龙王 / (英) 陈美希著 ; 徐莎莎译. -- 北京 : 中信出版社 , 2022.3

书名原文 : Tiger Warrior 1: Attack of the Dragon King

ISBN 978-7-5217-3896-4

Ⅰ. ①猛… Ⅱ. ①陈… ②徐… Ⅲ. ①儿童小说-中篇小说-英国-现代 Ⅳ. ① I561.84

中国版本图书馆 CIP 数据核字 (2022) 第 002070 号

猛虎勇士：封印的龙王

著　　者：[英] 陈美希
译　　者：徐莎莎
出版发行：中信出版集团股份有限公司
　　　　（北京市朝阳区惠新东街甲4号富盛大厦2座　邮编　100029）
承 印 者：北京中科印刷有限公司

开　　本：720mm × 970mm　1/16　　印　张：7　　字　数：55 千字
版　　次：2022 年 3 月第 1 版　　印　次：2022 年 3 月第 1 次印刷
京权图字：01-2022-0033
书　　号：ISBN 978-7-5217-3896-4
定　　价：28.00元

服务热线：400-600-8099
投稿邮箱：author@citicpub.com

目　录

序 章

画像里庞大威风的年兽伸出了它巨大的前爪。旁边的画像里，一只九尾狐正在扑跳。就在这时，龙王走了过来，双手背在身后，脸上挂着笑容。他的视线飘过宫殿墙壁上的画像，不由猜想在宫殿某处是不是也有他的画像，毕竟他曾经可是他们之中所向无敌的神兽。

此刻他却藏起了笑容，迈步走向前方的御座，在玉帝面前屈膝跪下，恭敬地说道："玉帝陛下，小龙有幸得您传唤，深感荣幸。自从被封印在神山下，已过了十年之久。在这期间，我日夜悔过，望陛下能大人不记小人过，宽恕我。我愿为陛下鞍前马后，任您差遣。”

玉帝听后，面露微笑说：“我们曾经是知己好友，能和好如初当然最好。”

“这也正是小龙的愿望。”龙王起身回答，嘴角不着痕迹地露出一丝笑意。玉帝从御座上走下来，带着龙王穿过走廊去往内殿。走廊中金碧辉煌，两边摆放着许多奇珍异宝，有精美绝伦的各色花瓶，还有流光溢彩的丝绸织锦。到了内殿，玉帝在饮茶的案几旁落座，向龙王点了点头，示意他在旁边坐下。不料，龙王却没有照做。

只见龙王居高临下地站着，猛地双手合十，瞬间爆发出雷鸣般的巨响。一道闪电劈了下来，刺眼的光芒让玉帝睁不开眼，他的两个护卫也匆忙护住眼睛。刹那间，龙王由人形化为巨大无比的飞龙，在空中咆哮着，长满鳞片的蛇形身体周围力量涌动，龙尾和龙爪张开，威风凛凛。

直到这一刻，龙王终于夺回了他的全部力量。

他甩了一下尾巴，以迅雷不及掩耳之势将两个护卫掀倒在地。玉帝见状，连忙闪身躲开。龙王在空中看到这一情景，俯冲下来再次攻击地面上的玉帝。玉帝不甘示弱，双手凝结出一道光柱，轰的一声朝龙王射去。噼里啪啦，只见龙王身上的皮肉都被烧焦了，然而这强有力的一击也只是短暂阻止了龙王的动作。

“放弃吧，你心里明白你是不可能战胜我的！”玉帝胸有成竹地说道。

“休想！”龙王发出一声怒吼，猛地将玉帝甩到一个角落里。

“今时不同往日。我掌握了无边法力，终于可以报仇雪恨了！”

龙王抬起他那如鹰爪般的利爪，在空中转动一圈儿，一根碧绿色的法杖就出现在宫殿内。他拿起法杖直指玉帝。

玉帝看着龙王手中的法杖，一脸震惊，喊道：“碧玉法杖！怎么会在你手里？你是如何得到的？”

龙王咆哮着说：“千千万万的龙族舍生赴死，才让我得到了它。但只要能够打败你，这些牺牲都是值得的！”他再次挥着法杖指向玉帝，眨眼间，便让玉帝消失了。

龙王望向窗外一座顶部积雪的巍峨大山，放声大笑，他知道玉帝就在那大山下的地底深处，被关押在一间狭小的地牢里。风水轮流转，如今玉帝成了他的阶下囚。他挥了挥龙爪，变回了人形，高举法杖。

“碧玉王国终于是本王的天下了！”他大声宣告。

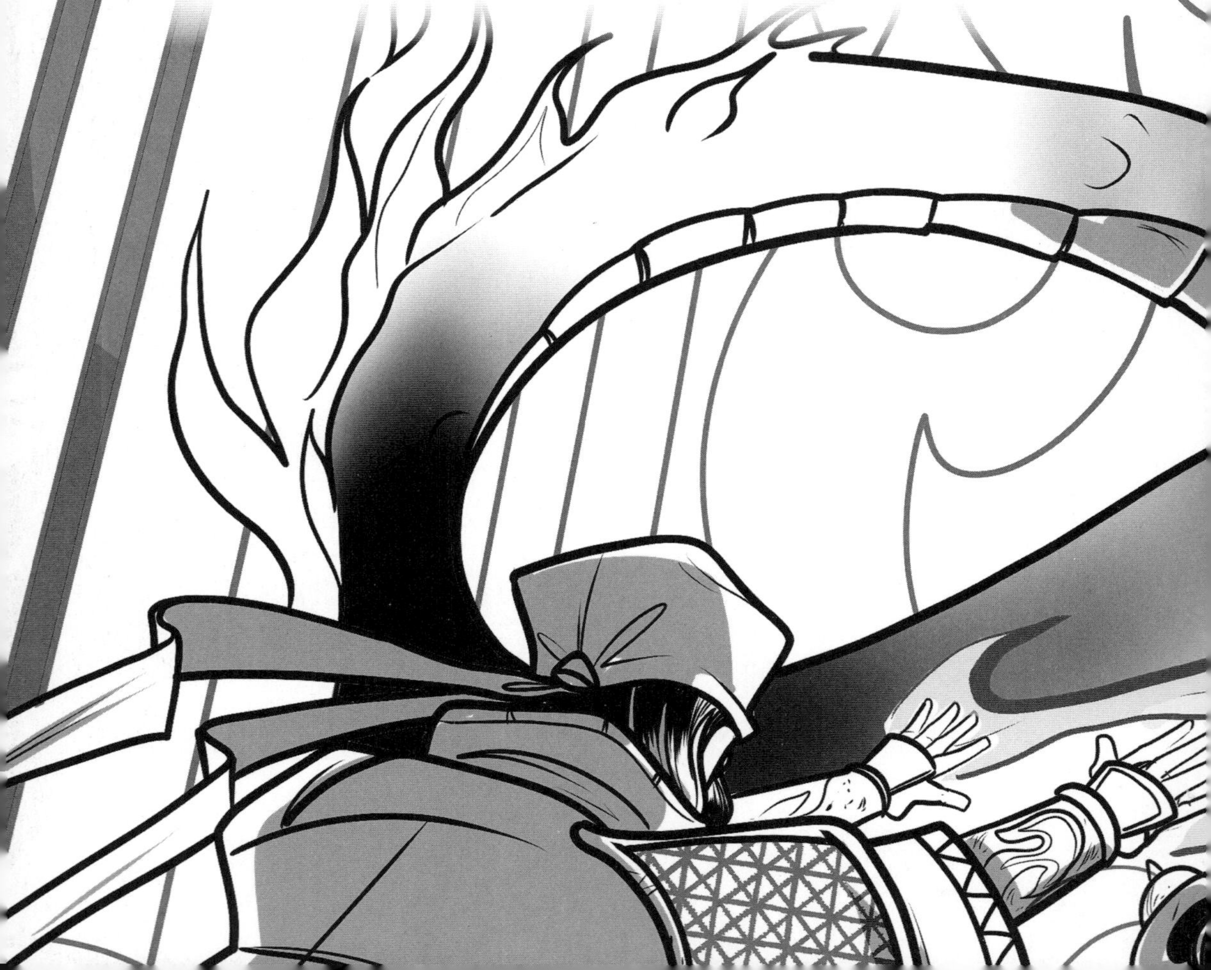

第一章

“接招！”杰克兴奋地高喊。只见他飞快地按下游戏手柄上的按钮，游戏中那条绿色的巨龙就砰的一声爆炸了，瞬间灰飞烟灭。然而，正当杰克以为他胜券在握时，一条橙色巨龙飞出城堡，开始对他的角色发动猛烈攻击。

“啊！想打我，没门儿！”杰克灵活地操控着他的游戏角色，躲开橙色巨龙喷出的滚滚烈焰，“好险！”

这时，杰克卧室的门被打开了，原来是他的爷爷。他并没有走进来，只是站在门边，看着杰克玩儿游戏。

“爷爷，您好！”杰克的眼睛都没离开屏幕，心不在焉地打了个招呼。

“要打败一条龙，你这样的打法可是行不通的。”爷爷出声提醒。

“哦，难道爷爷您会？”杰克大笑起来，从游戏座椅上转过身，注视着爷爷，眼睛里闪烁着狡黠的目光。

“就像这样！”爷爷一跃而起，奋力一踢，脚上的拖鞋飞向空中，差点儿把杰克房间的灯打翻。看到这个情景，杰克惊讶得下巴都掉了。“然后转身……像这样来一记上勾拳！”爷爷大喝一声，向空中挥舞了一下拳头，威力惊人。

杰克咧嘴一笑，计上心头。他转过身对着屏幕，游戏继续，他按动手柄按钮，试着模仿爷爷的动作。他操控的角色一跃而起，将那条橙色恶龙击得粉碎。

“简直不可思议！这招真的管用！”杰克兴奋地转身看向爷爷，只见爷爷突然弓着背，一边咳嗽一边向他走过来。

“当然！我不会骗你的！”爷爷边说边不断地咳嗽。

杰克发现爷爷的脸涨得通红，赶紧起身走到爷爷

跟前。

“我帮您拿点儿水喝吧？”杰克关心地说道。

“不用了，别担心。我就是喉咙有点儿不舒服。我的身体还很硬朗呢。”爷爷的声音有些沙哑。

在杰克眼里，爷爷的状况着实让人忧心。他语气极为认真地和爷爷说道：“我觉得您应该好好休息，您自己也总是说身体不如当年了！”

“臭小子，你可别小看我，我这个糟老头子随时随地都能叫你输得心服口服！”爷爷开着玩笑，又艰难地咳嗽了几下，“但是，杰克，我觉得是时候了……”

“是时候做什么？”杰克扶着爷爷坐下，忍不住问道。

“是时候把朱龙的遗物交托给你了。”

“您是说爸爸的遗物？”杰克心中很是惊讶。

爷爷点了点头，语重心长地说道：“是的，是你爸爸的东西，直到他……”

“直到他去世。”杰克猜到了。他也缓缓坐下，靠在爷爷身边，忧心忡忡地问：“爷爷，一切都还好吧？”他发觉爷爷今天的行为真是太奇怪了。

“杰克，你有勇气面对一条真正的龙吗？”爷爷郑重其事地问道。

“世界上怎么可能有龙！爷爷，我觉得您需要休息了。”杰克笑道。

“我是认真的……我不可能永远守在你身边。所以，现在是时候了。”爷爷抓住杰克的胳膊说道，“来我的房间。我有些特别的东西要交给你，希望为时未晚。”

“好的，爷爷，不过您这个样子真的吓到我了。”杰克不明白为什么爷爷今天的行为那么古怪。每当爷爷提到爸爸，杰克总是心中难过。杰克的爸爸在杰克一岁的时候就去世了。没过多久，爷爷就决定离开中国，搬过来与杰克和他妈妈住在一起。

杰克摇了摇头，试图打消心中的愁绪。他跟着爷爷穿过楼梯平台，来到爷爷的房间。

“快进来！你马上就知道了！”爷爷兴奋地喊道。他走进卧室，径直走向五斗橱。杰克一直很喜欢来爷爷的房间。房间里的药膏味儿很浓烈，墙上挂满了长长的画卷，是画着凤凰、老虎和龙的毛笔画。爷爷注意到杰克在四处张望。他拿出一个木盒子，缓缓地打开，神色严肃地说道：“今天你能继承它，你爸爸在天之灵会很高兴的……”只见爷爷将手中握着的东西摊开在杰克面前，说，“这是给你的。”

“好吧，谢谢……”杰克心中疑惑，只见眼前的东

西是个淡绿色的圆盘，还闪着微光。他伸手拿起来，放在掌中翻来覆去地研究着。

爷爷突然伸手，轻轻拍了一下杰克的耳朵。

“哎哟！为什么打我？”杰克喊道。

“‘好吧，谢谢’？听听你说的叫什么话。打你是因为你嬉皮笑脸，出言不逊。知道吗，你手中拿着的是玉之币，是整个宇宙最珍贵的宝物。”说罢，爷爷的眼中闪烁着不同以往的光芒，他盯着杰克手里绿色的玉之币，一脸神圣，“仔细看看，你能看到什么？”

“嗯……”杰克目不转睛地盯着那枚玉之币，他认出来了，上面是中国的十二生肖。爷爷曾经不厌其烦地给他讲这些动物的故事，以及他们是如何成为十二生肖的，而且每天睡觉前，他都会给杰克讲一个中国的神话故事。“是这样啊，我明白了。鼠、牛、虎、兔、龙、蛇、马、羊、猴、鸡、狗、猪，是十二生肖。配上十二地支，便是子鼠、丑牛、寅虎、卯兔、辰龙、巳蛇、午马、未羊、申猴、酉鸡、戌狗、亥猪！爷爷，您瞧！您讲的故事我都记着呢。”

“很好！”爷爷笑了，“我本来想等你再长大一点儿，但是你说得对，我已经是一把老骨头了，不中用啦。我给你讲那些中国神话是有原因的。”

“什么原因？难道不是想天天烦我吗？”杰克开玩笑地说道，说完便闪身躲开，以免爷爷再拍他一巴掌。

“听着！杰克，有些话我现在必须要告诉你了。”爷爷扶着杰克的肩膀，凝视着他的眼睛，一脸严肃地说道，“你是猛虎勇士！你必须履行你的使命，对抗碧玉王国的邪恶势力。”

爷爷停顿了一下，杰克翻了个白眼。

“如果让邪恶势力占领了碧玉王国，那下一个遭殃的就是我们居住的世界了！”爷爷急切地说。

杰克哈哈大笑道：“爷爷，这真是个精彩的故事”。

“我看出来了，你不相信，那我现在就证明给你看。”只见爷爷手指一弹，将玉之币抛向空中。玉之币立刻在空中飞快地旋转起来，光彩熠熠，房间内出现七色彩虹，色彩斑斓。一切就像施了魔法般神奇！

“猛虎变身！”爷爷大喊一声。

一眨眼，爷爷消失了，出现在原地的是一只身形庞大的咆哮着的猛虎！

第二章

眼前，一只高大威风的老虎出现在爷爷的房间。杰克想逃跑，可是双脚好像被钉在了地上。那只猛虎盯着杰克，肩膀抖了抖，似乎在笑。

“爷爷？是您吗？”杰克狐疑地问道。老虎冲他点了点头。

“天哪！您是怎么做到的？”杰克震惊地问道。

转眼间，爷爷恢复了原来的样子，但咳得比刚才更加剧烈了。他跌跌撞撞地走到门框那儿，靠在上面，然后再一次把神奇的玉之币抛向空中。

“十二生肖，现身吧！”他大喊一声。刹那间，房间里挤满了动物，每一只都闪耀着不同颜色的光。但是，他们的身体是透明的，就像是全息影像，或者也可以说像魂魄。十二生肖动作不一、神态各异。申猴在布满灰尘的米色灯罩上荡来荡去。卯兔在地板上跳来跳去。戌狗舒舒服服地趴在床上。亥猪在他旁边哼哼唧唧地来回嗅着空气中的味道。酉鸡站在衣柜顶上，前后摇晃着脑袋。寅虎趴在窗边，庞大的身躯半掩在窗帘后面。

“好吧，如果时间不是问题的话，我们来一一认识一下吧。可是，现在我太兴奋了，身体都紧绷起来了！”巳蛇一边说，一边扭动身体向杰克的脚边爬去。

“我在十二生肖中排第一，自然该我第一个问候他。”定睛一看，原来是子鼠，她飞快地爬过床头，来到杰克这儿，嗅了嗅他的胳膊。

“你确实是第一个，但是也最小。”寅虎咆哮道，“我要第一个问候他，毕竟他是猛虎勇士……”寅虎轻轻走过来，用头蹭了蹭杰克的腿。杰克低头看去，心中犹豫是否应该拍拍这巨大的神兽回应他。

“喔——喔——喔！”酉鸡不甘落后地发出了一声

响亮的鸣叫。

“好啦！好啦！诸位，安静一下！在场诸位都有机会认识新一任猛虎勇士，没在这儿的也是。”爷爷出声主持大局。

杰克环顾四周，发现十二生肖并没有全部聚集在这儿，未羊、午马、丑牛和辰龙就不在。他心中迫不及待想要亲眼见见真正的龙。

“杰克，这些就是生肖神兽。他们住在玉之币里，然而他们也可以随时随地出来，甚至在很不方便的时候……”爷爷继续说着。

“是啊，比如说当我们出来时你正在睡觉。”亥猪哼哼着说道。

“或者在你上厕所的时候！”戌狗也大声道。

“咩……别忘了告诉他，他同样可以主动召唤我们。”只见未羊从门口走进来说道。爷爷侧身给未羊让路，请她进来，然后关上了门，这下原本拥挤的房间更显局促了。

“猛虎勇士拥有召唤生肖神兽的能力，同样也可以使用他们的力量。”爷爷开口解释，“当你解锁了他们的技能后，你就可以变身成他们其中任何一个的样子。就像我刚才变成猛虎那样。”

“这一切太疯狂了，完全超乎想象。”杰克一脸难以置信，“可是我不是什么勇士，我只是一个普通的人类小孩儿啊。”

爷爷郑重地凝视着杰克的眼睛，说道：“杰克，你一点儿也不普通。”

杰克依然不敢相信。

“可否允许我向他展示一下我的能力？”巳蛇提议道。

爷爷点头表示赞成，巳蛇开始往杰克的左臂上爬。看到一条蛇往自己身上爬，杰克努力保持镇定。巳蛇对他露出一个友好的微笑。一缠上杰克的手臂，巳蛇立刻闭上双眼，杰克感受到手臂开始充满力量，一股奇怪的感觉流淌过四肢百骸，似乎要将他融化。他低头看向自己的双脚，惊讶地发现双脚竟然消失了。

“看这儿。”爷爷指着镜子让杰克照一照。然而杰克并没在镜中看到自己，他隐身了！巳蛇也隐身了，但杰克仍然非常清晰地感受到巳蛇还缠绕在自己的左臂上。这一切太不可思议了！

“太酷了！我可以使用这个能力去学校捉弄我的朋友们。”

“不行，这可不是小孩子间的游戏。我们不能把生肖神兽带去学校。”爷爷严厉地说道。

巳蛇舒展身体，松开杰克的左臂，慢慢地，她和杰克又出现在了房间内。“真可惜，我其实很想去学校的。”巳蛇说话间，她那分叉的灵巧小舌头不断地在口中颤动。

“他们还有什么神奇的能力啊，爷爷？”杰克兴奋地看着爷爷，期待生肖神兽展示更多酷炫的能力。

“辰龙能够控水，丑牛力大无穷，子鼠能够影响天气……”

话音未落，子鼠立刻说道：“如果你想要制造一场龙卷风，我就是你的最佳选择。”说完，她飞快地跑到杰克的头顶上，以获得更好的视野。

“那未羊有什么能力呢？”杰克问道，心中想着未羊的能力肯定很无趣。

“真是无礼！”未羊突然不满地说道。

“什么？”杰克不禁发出一声疑问，他可什么都没说啊。

“她有心灵感应的能力，杰克，她会读心术。请你诚恳地向她道歉。”爷爷向杰克解释说，“我们可不想一开始就产生矛盾。”

杰克弯下腰看着未羊的眼睛，真诚地说：“对不起，我不是有意要伤害你的，而且你的能力真的非常酷！”

“咩……我接受你的道歉。你爷爷说得对，我可以知道你心中所想。”说罢，未羊转身看着爷爷，继续说道，“杰克想知道为什么他会被称为猛虎勇士，而不是其他名字，比如说雄鸡勇士，福猪勇士……”

“太神奇了！她竟然一字不差地说出了我的想法！”杰克惊呼。

“不过你要问我的话，我倒是觉得神羊勇士的称呼更霸气呢。”未羊略有抱怨地说道。

“杰克，你出生的时候是哪一个生肖年？”爷爷开口问道。

“虎年。”杰克回答。

“那就对了，你和你爸爸一样都是虎年出生的。我也是虎年出生的。我的母亲同样也是。追溯到我们家族的祖先，世世代代都是虎年出生。我们一直是玉之币的守护者，因为我们有着寅虎那样勇于挑战、不畏困难的心志。”爷爷边讲述边拍着他的胸膛，踌躇满志。寅虎也不由点头赞同。

“作为猛虎勇士，你的使命就是保卫碧玉王国。”爷爷继续说着。

“碧玉王国在另一个世界。”巳蛇补充道。

听完这些话，杰克在床上坐下，不可置信地摇着头。眼前这一切，包括那些神奇的能力、生肖神兽……对他来说信息量太大了，让他一下子难以接受。看到杰克这样，戌狗过来卧在了他的腿上，杰克忽然感觉身心放松了不少。他问道："先等一下，我有个问题，碧玉王国又是什么？"

"事情是这样的，杰克。"亥猪说着，嗅了嗅爷爷床头柜上的一碗薄荷糖，"想象这碗糖是碧玉王国。恶魔们想要摧毁它，就像这样……"亥猪开始用他的鼻子拱碗里的糖。

"亥猪！你就只想着吃！"寅虎冲着亥猪吼道。

"哪有？"亥猪大口地嚼着糖说，"我饿了。"

"我们现在谈论的是拯救世界，"爷爷在杰克旁边坐下，认真地看着杰克，继续说道，"恶魔、恶龙和各种灵界的生物都想要占领碧玉王国，如果真的让他们的阴谋得逞，那么下一个遭殃的就是我们现在的世界。"

"不过已经有好多年没发生过战争了。"子鼠叹了口气，"这么多年来，我一直渴望能重上战场，现在手都有点儿痒痒了。"

"手痒是因为你身上有跳蚤！"戌狗哈哈大笑，这话惹得子鼠向他飞扑过去。

“自从十年前龙王被封印在神山下，碧玉王国就一直国泰民安。”爷爷说，“你爸爸去世时，你年龄太小，无法接替他的位置，所以，尽管那时我的力量已不在巅峰状态，我也不得不再次肩负起猛虎勇士的使命。”

听到这话，杰克心中再次涌起感伤。他多么希望爸爸能在这里，能亲口告诉他应该做什么。杰克并不觉得自己很勇敢，也不觉得自己很强壮，他甚至连十个俯卧撑都做不了。

“杰克，我知道你有疑虑。但我告诉你，你是猛虎勇士的唯一人选。”说罢，爷爷从床上站起来，看着杰克说道，“现在站起来。”

杰克听到爷爷的话，慢慢地站起身来。此刻，生肖神兽们也异常安静地站成一排，面对着他。

“拿着玉之币。”爷爷说道，语气听起来极为郑重。此刻，爷爷拿着玉之币的一端，杰克拿着另一端。当爷爷的手触到玉之币的时候，杰克看到玉之币发出了耀眼的光芒。

杰克的双手开始感受到一股温暖的力量，然后这股神奇力量盘旋着涌入他手中，手逐渐热了起来。

“现在你正式成为猛虎勇士了！”爷爷低沉有力的声音响起。

爷爷放开了玉之币。现在它正躺在杰克的手中。如果他相信爷爷的话，那他手中握着的就是整个世界的命运。

第三章

就在这一刻，杰克清晰地感受到他的每一块肌肉中都涌动着神奇的力量。

“快，变身成猛虎吧！”爷爷催促道。

杰克昂首站立，闭上眼睛，屏住呼吸，把玉之币抛向空中。他学着爷爷那样，大喊一声：“猛虎变身！”随后，他睁开一只眼睛，心中忐忑，想知道自己是否变身成功。可定睛一看，自己的手还是人手。他动动手指，还是原来的手指。这下，他睁开双眼，想向爷爷求助，却看到爷爷双臂环绕抱着肚子。起初，杰克以为爷爷是身体不舒服，但后来却发现爷爷是在捧腹大笑，眼泪都笑出来了。

“哈哈哈！杰克，你可太有趣了！我好久没笑得这么开心了！你真该看看自己的表情，脸上皱成一团，天真地以为第一次就能成功地掌握猛虎变身。”

“爷爷！”杰克被爷爷说得有些害羞，出声阻止他。他觉得自己的脸都开始发烫了，说不定还脸红了。杰克心里明白爷爷是在跟他开玩笑——爷爷从来不是一个严肃古板的人。

“听着，杰克。终有一天，你能驾驭自己内在的力量，能够变身成任何一个生肖神兽，但这并不容易。你必须刻苦训练。你要了解猛虎的精神。要做到这一切，不是依靠这里……”爷爷轻轻地摸了摸杰克的头，“而是要用这里去感受……”他拍了拍杰克的胸膛，“那就是心。要用心去感受。当你的心志与生肖神兽合而为一，也只有那时，你才能完全驾驭他们的力量。在那之前，你只能通过用手碰触生肖神兽，来使用他们的力量。”

“我会全力以赴的，爷爷。”杰克低头看着玉之币说道。

“来吧，孩子，你现在应该去碧玉王国见识见识。自己亲身去体验一下超越我们现在认知的世界。那是一个神奇的世界，杰克，你会喜欢那里的。”爷爷从杰克手里接过玉之币，轻轻弹了弹，好像打响指一般，咔嗒一声。“碧玉王国！”他沉稳有力的声音响起。

玉之币在半空中旋转，转了一圈儿又一圈儿，发出的光芒形成了光圈，环绕流动，就像轮转烟花似的，光圈变得越来越大，最后大到足以让人穿过。杰克看着这一切，目瞪口呆。光圈中的空间已经不再是爷爷的卧室。此刻，映入眼帘的是郁郁葱葱的山和高大的红房子，简直和他在爷爷的书里看到的一模一样。

“过去吧，杰克。”

爷爷把悬在空中的玉之币拿下来，交到了杰克手里，嘱咐道，“把这个拿给玉帝看，他就会知道你是新一任的猛虎勇士。当你想回来的时候，轻弹玉之币，说‘回家’就可以了。”

杰克迈步走近光圈入口，然后转过身来。

“您不和我一起去吗？”杰克看着爷爷的脸，想弄明白为什么爷爷一动不动，似乎不打算和他一起。

爷爷伤感地摇了摇头，说：“我不能去。只有猛虎勇士才能进入碧玉王国。你大胆去吧。尽情享受那里的美好时光，品尝从未吃过的美食，亲眼看看最奇妙的生物，会让你大开眼界的。也许你会从我给你讲过的故事中认出来一些。”说罢，他叹了口气，“可惜，我再也回不去了。”

“可是，爷爷——”杰克紧张地挪动着步子。

“没事，把心放肚子里。自从封印了龙王，整个王国一直太平无事。等你回来后，我会开始训练你，但现在你先去尽情享受碧玉王国的奇妙吧。记得找到玉帝，把玉之币拿给他看，并代我问候他。快走吧，你妈妈下班到家之前你应该能回来的。别担心，在碧玉王国，时间流逝的速度与我们这个世界是不同的。”

“那好吧。”杰克故作轻松地说道，尽量不让自己太紧张，“不过到那里之后，我就随便看看。我会向玉帝介绍我是新一任猛虎勇士，然后就直接回家。”他看着爷爷，不想把爷爷独自留在这里。他以前从来没有独自一人去过任何地方，更何况去另一个魔法世界了。

“相信我，你会玩儿得很开心的。现在就出发吧！你不在的时候，我可能会睡一会儿，或者做点儿别的事。”爷爷安慰道。

“好吧，我能行。”杰克自言自语道，踏入了嗖嗖作响的光圈。

他穿过光圈时身上略感刺痛，不一会儿，就出现在了光圈另一头。

此时，杰克身处一个村庄的中央。放眼望去，高大的红房子鳞次栉比，人群熙熙攘攘，在市场的货摊上随意挑选着东西。杰克能听到人们在为蔬菜和肉类讨价还价，还看到一只鸡拍着翅膀从笼中飞走了，一个手忙脚乱的摊主正忙着招呼他的顾客。好一派繁忙景象啊！

杰克回头瞄了一眼。透过光圈，他可以看到爷爷已经躺在床上，在腿上盖了条小毯子，还在头上蒙了个枕头。杰克望着这熟悉的景象，欣慰地笑了，然后只听嘶嘶一声，光圈消失了。

忽然，杰克感觉有什么东西从他身边一闪而过。天哪！那是一头绿色的野猪！往街对面看去，杰克发现了更奇怪的景象。一只长着六条腿四只翅膀的红色生物正一路小跑。他猛然意识到眼前生物哪里最奇怪——它竟然没有头。这一幕简直令人难以置信。

就在这时，有什么东西碰了一下他的胳膊。“啊！”杰克吓得跳了起来，这才发现是申猴。原来他从杰克手里拿着的玉之币中出来了。申猴在这个世界里看起来更真实了，更像一只真正的猴子，动作也很像。他跳上杰克的背，然后扯了一下杰克的耳垂，试图引起更多的注意。

“我来当你的向导。”申猴说着，兴奋地在杰克的肩膀上跳来跳去。

这里的情景让杰克目不暇接。此刻，他仰头看见头顶上飞着一群鹅，叽叽喳喳的，颜色竟然是粉红色，滑稽得令人发笑。他还认出了多吉，一种长得像狼的生物，眼睛红红的，尾巴是白色的，和小时候爷爷给他讲的故事里的一模一样，只是在这个世界里体形要大得多。转瞬间，一大片云彩遮住了太阳，那群粉鹅突然开始大声地鸣叫。

杰克抬头望去，只见那片云彩在不断扩散，眨眼间变得越来越大，越来越暗。那片云彩竟然朝村庄飞奔而来，然后俯冲而下。杰克倒抽了一口气，这才意识到那根本不是什么云彩。那是一条龙！一条活生生的龙！

龙从头顶飞腾而过，杰克惊呆了，嘴巴张得大大的。眼前的龙体形庞大——可能有杰克住的整条街那么长，弯弯曲曲的蛇形身体和长长的龙须在飞腾时随风摆动。那颗巨大的脑袋左右摇晃着，好像在寻找什么东西。当他从头顶飞过时，杰克瞥见了他巨大锋利的爪子，看起来更像是猛禽巨鹰的爪子。他不像杰克游戏中的龙那样长着翅膀，但当他在空中飞腾行进时，就似在水中游泳般自如，身上的鱼鳞状龙鳞闪烁着蓝色和银色的光芒。

随着龙身行进，周围翻起了白色巨浪，卷进云层。转瞬间，空中飘起片片雪花，一开始是小雪，后来是鹅毛大雪，之后竟越下越大。

巨龙在头顶盘旋，杰克往后退了几步，想看得更清楚些。这是杰克迄今为止见过的最不可思议的生物。他觉得这个地方比爷爷描述的更加神奇，更加富有魔力。杰克伸出手来想接一些雪，心想这一定是有魔法的雪，因为今天的天气并不冷，树上还开满了粉红色和白色的花。就在这时，他注意到市场上的小贩都藏在了他们的摊位下面。村民们都冲进了自己的房子。人们四处逃窜，杰克还听到了一个婴儿在哇哇大哭。原来巨龙已经调转过身体，张着大嘴往这边飞来，气势骇人。一个女人抱着哭闹的婴儿，慌乱地从他身边挤了过去。

“快跑！”她声嘶力竭地喊道，“恶龙来了！快逃命吧！”

第四章

那巨龙俯冲而下，口中吐出冒着寒气的碎冰片，吹向市场的货摊。货摊上的水果和蔬菜瞬间蒙上一层冰晶，像闪闪发光的装饰品。只听哗啦一声，摊主匆忙逃跑，撞翻了桌子，被冰冻的蔬菜水果也顷刻间摔成了碎块。

“快，这边！”申猴朝附近的一个干草堆飞快跑过去，杰克也紧随其后。他的心怦怦直跳，到底发生什么事了？爷爷之前明明和他说过这里很安全。

“现在我们应该怎么办，猛虎勇士？”申猴紧张地

开口发问，上蹿下跳，双手乱舞。

“嗯……”杰克不知道该怎么办，只好说，“我们把其他生肖神兽召唤出来吧。”他蹲下来，一边躲好，一边笨手笨脚地摸索着从口袋里掏出玉之币。如果被那条恶龙看到，他可能会被变成一根冰棍儿，这简直太可怕了，那将会是他的噩梦。

杰克把玉之币紧紧握在手里。之前是爷爷把生肖神兽召唤出来的，也是爷爷打开光圈入口的。在这个关键时刻，杰克能做到吗？只见杰克双手捧着玉之币，因为紧张手有些颤抖，他把玉之币弹向空中，玉之币就在空中旋转起来。

“十二生肖！”杰克大喊一声。“这次一定要成功啊……”他低声祈祷着。转眼间，十二生肖神兽全都到齐了，环绕在他身边。杰克看到了之前未曾见过的神兽，顿时目瞪口呆。他第一眼就看到了一匹强壮的马，马身上的皮毛是栗色的，黑色的鬃毛非常浓密，杰克猜想这一定就是午马。忽然间，一只小白兔蹿到杰克脚边，一头扎进干草堆里，只留出一双眼睛，警惕地不断向外张望，原来是卯兔。这时，他身后传来一阵鼻息声，杰克转过身来，看见一头棕色的牛，足足有一辆小汽车那么大，鼻子上戴着一枚闪闪发光的金色圆环，杰克心想这一定就是丑牛了。但最令杰克震撼的是出现在丑牛身后的另一条龙。像刚刚那条肆意破坏的冰龙一样，这条龙也有一张长长的脸，长着长长的龙须，蛇形的身体上覆盖着美丽的鳞片。但与冰龙不同的是，这条龙的鳞片是红色的，脸上的表情充满善意。她对杰克笑了笑。

“别担心，年轻的猛虎勇士，”她出声安慰杰克，“我们会支持你的。同伴们，大家准备好。你也一样，亲爱的卯兔。”听完这话，杰克顿时有了信心，学着爷爷那样在空中挥舞着拳头。太棒了！他做到了！他成功召唤出了十二生肖神兽！但当他们环顾四周，入眼的是满地狼藉，到处都被破坏了，杰克心头像是被泼了一盆凉水，兴奋与自信瞬间就消退了。

“我们才离开了多久，怎么变成了这样？”巳蛇惊愕地倒吸一口气。

“噢，太酷了，一场恶龙之战！来吧，猛虎勇士，我们联手，让他瞧瞧我们的厉害！”子鼠咧嘴一笑，摩拳擦掌。

“什么？”杰克震惊地说道，“不行！不行！我压根儿就不会和龙战斗！”

“你是猛虎勇士，不管你愿不愿意，这都是你的使命。”卯兔从干草堆里探出头来说。

“但是爷爷说在我回去后，他会教我如何战斗的。目前我还没有受过任何训练呢！”杰克略显激动地大声说道。

“猛虎勇士需要马上见到玉帝。”寅虎提醒说。

听到玉帝的名字，杰克松了一口气。因为在爷爷讲的故事中，玉帝拥有神一般的力量。他一定能够和龙战斗，一定没问题的。

“咩……但是我们怎么去见玉帝呢？”未羊问道。

十二生肖神兽全都满怀期待地看着杰克。

杰克闭上眼睛，用指关节轻敲着脑袋。“好吧，只能硬着头皮上了。”他思考着，“把现在的情况想象成一场电脑游戏。我现在拥有所有的生肖神兽，他们就像能量道具……”突然他灵光一现，问道：“我们现在的任务是到玉帝那里去。爷爷不是说过你们其中一个拥有闪电般的神速吗？”

“是我！”午马嘶鸣一声，“到我背上来，我们眨眼就能到。”

“太晚了。”卯兔从午马的影子中探出头来，陡然尖叫。原来那条冰龙已经在他们的头顶上盘旋，正朝他们逼近。只见那冰龙的身体像离弦之箭，向他们直直地冲过来。“那冰龙看到我们了！”

“他看起来很不好惹！”戌狗大声吠叫着。

在这关键时刻，辰龙一声号令，出声主持大局：“所有人听令，防守阵形，保护杰克！”

“有时候，身形小也有它的好处！这样更容易隐藏！”卯兔说着，又往午马身下跳了一跳。这时冰龙口中已经吐出寒冷至极的碎冰片，一下子把干草堆冻住了。

随后冰龙猛扑下来，伸出巨大的利爪把冰冻的稻草拍得粉碎。锋利的碎冰片像玻璃碴儿一样四处飞溅。生肖神兽们四下散开，寻找掩护。如此一来，干草堆不见了，杰克暴露了出来。

当神兽们再次聚集在杰克周围时，冰龙已经飞腾上天。

“我想到啦！”杰克喘着气惊喜地说道，“巳蛇，你能让我隐身吗？然后我们就可以不被冰龙发现，顺利到达玉帝那里了。”

“当然……”话音刚落巳蛇就缠上了杰克的胳膊。瞬间，杰克的手臂和一半的身体就消失了，与此同时一个黑影从头顶上方掠过。大家抬头望去，原来是那条冰龙又回来了，此刻他那双锐利的黄色眼睛正直勾勾地注视着杰克。

只见他张开血盆大嘴，猛冲下来，朝杰克飞扑过来。巳蛇还在拼尽全力让他们隐身，但杰克的头依然显着形。

“快点儿啊，巳蛇。”杰克心急如焚地想着。

就在这千钧一发之际，一缕耀眼的阳光从那冰龙的背后喷薄而出。光芒之中出现了一只优美高贵、像鸟一样的生物，缕缕阳光照在她那绚丽多彩的羽毛上，反射着光彩。她看起来像一只孔雀，但身形比孔雀要大得多，而且她的羽毛不是蓝色的，而是五彩斑斓的，呈现出黑色、白色、红色、黄色和绿色。

她展翅俯冲向下，掠过冰龙，灵巧地在空中穿梭。随后，她转过身来，盘旋在杰克和那冰龙之间。此时，巳蛇已经舒展身体，放开了杰克的手臂。杰克只觉得那只高贵绝美的生物似乎带着光芒，每当看向她时，总是不由得用手挡住眼睛。

“哇！”子鼠发出一声惊叹。只见那只鸟冲天而起，向冰龙发起了攻击。她用锐利的喙猛击冰龙的胸膛，力量之大，将冰龙体内的冰之力量硬生生地击打了出来。那只鸟飞速转过身来，完全舒展开羽毛。她在空中盘旋着，羽毛向天空射出闪电般的能量。那些能量直直地撞上了冰龙的身体，冰龙被打得毫无还手之力，身体垂直坠落，鼻子冲下，直直地砸向地面。就在冰龙撞上地面的一片狼藉之前，他用力扭动身体，阻止了自己继续下落，然后迅速落荒而逃，飞走时呼出的寒冷气息还冰冻住了一排树木，愤怒的龙吟声响彻风中。冰龙终于被暂时打退了。

那只奇怪的鸟朝杰克他们飞来，落在他们身旁。杰克和生肖神兽们立刻围了上来。经历了刚刚那场惊心动魄的战斗，杰克累得全身瘫软。简直太惊险刺激了！

现实中真正的战斗一点儿也不像电脑游戏！

当那只鸟落在杰克身边时，身形居然几乎和杰克一样大，她的羽毛甚至比他们刚才远距离看到的更明亮、更美丽。她的翅膀折叠着，遮住了脸，随后杰克惊奇地发现，她的羽毛一片接着一片地消失了，在那个位置上取而代之的竟然是一个小女孩。她有着深色的头发和眼睛，穿着翠绿色和金色搭配的裤子和上衣。

“太酷了！”杰克情不自禁地发出一声惊呼。

然而眼前的小女孩脸上怒气冲冲。“你在为谁效力？是龙王吗？”她大声质问。

杰克被她的气势吓到，不禁后退了一步：“龙王？不是的！不是的！好吧，我来介绍一下，我是猛虎勇士。”

“胡说八道！猛虎勇士是个老头儿！”那女孩瞪着他，举起拳头，好像要打他似的。杰克只好举手投降，试图让她明白他并不想打架。因为如果真的打起来，他肯定不是那女孩的对手。

“你没弄明白，”杰克解释说，“你说的老头儿，那是我爷爷……来！你们告诉她！”他转头向神兽们求助，但令他惊讶的是，竟然没有一只神兽正眼瞧他。仔细一看，未羊……是在笑吗？杰克盯着那些原地装傻的神兽们。丑牛鼻子里哼了一声，申猴拍着大腿在地上打滚。

“嗯？现在是什么情况？”杰克问道。就连害羞的卯兔也兴高采烈地拍着他的脚。

女孩拍了拍杰克的胳膊，他猛地转过身来，摆出架势，准备迎接她的攻击。

但令他惊讶的是，面前的女孩也在笑。“我很抱歉！”她说，“我忍不住想要捉弄你一下！我知道你是杰克。崇林，也就是你的爷爷，他说过会尽快把玉之币传给你。但事实证明，他选择了一个最糟糕的时机。”一缕担忧笼罩在她的脸上，此刻，她的表情异常严肃。“不管怎样，欢迎来到碧玉王国。刚刚那情景可不是我们想为你准备的欢迎派对。”她说道，“但是你能来到这里，我由衷地高兴。”

听到这些，杰克松了一口气。原来这个女孩和爷爷一样古灵精怪，喜欢捉弄人！他问道：“你对我的身份了如指掌，可你又是谁？”

“我是丽。”女孩回答说。

“参见丽公主。”辰龙恭敬地说道，向女孩鞠了一躬。丽宠爱地在辰龙的耳后挠了挠。

“我的力量就如同凤凰一样，也就是你刚刚看到的那只鸟。我父亲就是玉帝。”丽接着说道。杰克想起爷爷曾经给他讲过关于凤凰的一切，还有她那惊人的力量，但爷爷没有提到凤凰竟然是一个和他同龄的女孩。

“太好了！”杰克说道，“玉帝神力无边，肯定能不费吹灰之力就除掉那条恶龙。那玉帝现在在哪里？”

听杰克这么问，丽的脸上又浮上了一丝阴霾，她悲伤地说道：“我父亲失踪了。现如今，除了我们，没有人可以战斗，我们只能孤军奋战，抗争到底了。”

第五章

杰克环顾四周，看着被破坏殆尽的村庄，心中思绪万千。眼前的一切是那么的不可置信！几个小时前他还在虚拟游戏中与一条龙搏斗，然而此刻却要在现实生活中与龙真刀真枪地战斗了吗？他依旧有些不敢相信。

“我真不敢相信，崇林竟然在这个时候把猛虎勇士的力量传承给了你。”丽摇了摇头，说道，“若他还是猛虎勇士，我们与龙王的战斗也许还有一丝胜算。但是现在……”她瞟了一眼杰克，叹了口气。

“呵呵……谢谢。”杰克的语气中带了一丝自嘲与无奈。

丽连忙挥了挥手，说道：“你明白我的意思，杰克。我不是不相信你。对了，你爷爷训练过你了吗？”

杰克摇了摇头。这一刻，他真希望爷爷之前教过他点儿什么，在把他送到碧玉王国之前，要是能随便教他点儿什么功夫就好了。哪怕是一招飞踢也行，现在也能派上用场了！

只见丽公主重重地点了点头，好像下定了什么决心。“好吧，如今的状况，我们也别无选择。我一个人势单力薄。来吧，”她开口说道，“我们先离开这片空地，以防那条冰龙去而复返。他再来的时候可能就会带着援兵了。我先带你们去我的藏身之处，之后再从长计议，我真的非常需要你的帮助。”

还没等杰克回答，丽已经大步流星地出发了。

“等等，你确定这样做可行吗？我指的是，现在离开村子？”杰克问。

“是的，现在就离开。我们需要重整旗鼓，精心部署。”丽说着，加快了脚步，“而且，和那条龙搏斗之后，我饿坏了，得吃点儿东西。”

“我也是。”杰克突然意识到自己的肚子在咕咕叫，“我想你们这儿附近应该没有炸鱼薯条店，对吧？”他半开玩笑地说。

“薯条？薯条是什么？”丽一脸困惑地问道。

“没什么，我随便问问。”杰克说道，“现在和我说说这个龙王是怎么回事吧。”

“我的父亲，也就是玉帝，在十年前封印了龙王。”丽边走边解释，“几百年来，他们一直是宿敌，争斗不休。因为龙王打破了阴阳平衡，也就是我们所说的光明与黑暗之间的平衡。世间万物想要和谐共生，就必须保持阴阳平衡，互相作用，然而龙王一心只想得到权力。曾几何时，龙王也是满腔正义，尽忠职守，把世间海洋管理得井井有条，然而对他来说，这些权力远远不能满足他的野心。他不仅妄图接管碧玉王国，而且还打算入侵你们生存的世界，成为所有世界的最高统治者。在他之前有很多任龙王，就像也有很多任猛虎勇士一样。但现在这位龙王无疑是最为野心勃勃、心狠手辣的一位。”

她的视线转向了杰克，此时此刻，不需要借助未羊的心灵感应能力，杰克心里也明白，丽肯定认为他是能力最弱的一任猛虎勇士。

“喂，我初来乍到。今天也是我第一天担任猛虎勇士，每个人初出茅庐都会犯错，是吧？”杰克努力让自己听起来更自信些。

“我在掌握了凤凰力量的第一天，就被任命为父亲军队的指挥官，那一场战役中，我打败了三十个恶魔。”丽目光坚定地说道，“我们必须拼死一战。如果让龙王的阴谋得逞，那么碧玉王国将会生灵涂炭——你们生存的世界也同样不可幸免，因为这两个世界是唇齿相依的。除非龙王已经让万物生灵都臣服于他，否则他是不会罢手的。现在你至少还有生肖神兽的力量，我们应该同心协力，拯救世界。”

听完这番话，杰克不由自主地用手抚摸着口袋里的玉之币。“生肖神兽们……”他喃喃自语道。眨眼间，十二只神兽出现在他的身边。

寅虎用他毛茸茸的大脑袋碰了碰杰克的胳膊肘。申猴三两下就跳上了杰克的肩膀，拍了拍他的背。酉鸡啄了几下杰克的运动鞋，似乎把鞋带儿当成了虫子。辰龙摆摆尾巴，试图把酉鸡挤开，但杰克把他抱了起来，伸手抚摸着紧张不安的酉鸡。虽然看起来像全息影像，但杰克还是感觉自己像是抱着一只活生生的鸡。

“别担心，年轻的猛虎勇士，我们都会不遗余力地帮助你的。”辰龙开口安慰他。这让杰克感觉好多了。

“来吧，我们得走了。”丽拉着杰克的胳膊说。

杰克看着生肖神兽，心中灵光一现，既然神兽们各有神通，那为什么放着这神奇的能力不用，反而走路呢？他提议道：“丽，我有办法能快点到那儿。看，你可以飞，我可以利用午马迅如闪电的速度。”

“这真是个好主意！”说完，丽轻灵地飞向空中，旋转几下，变身成美丽高贵的凤凰。她冲天而起，羽毛在风中飘扬。

杰克爬上午马那肌肉发达的马背，其他神兽暂时回到玉之币空间内，他们像风一样疾驰而去，紧跟着空中绚丽夺目的凤凰。

丽带着他们来到了城边，在一座摇摇欲坠的木楼前停下。落地后，她又变回了人形。“自从龙王占领了

宫殿，我就一直躲在这里。这里曾经是一家客栈。”丽边说边打开了那扇吱呀作响的木门。

“啊，看起来像个酒吧。”杰克打量着爬满藤蔓的墙壁说道。屋内，桌子和椅子上落满了灰尘，而且全部都被移到了柜台的一侧。后面是一个摆满木制训练器材的房间。丽给杰克盛了一碗剩汤，汤水里漂着面条、豆芽和一种他从未见过的带紫色斑点的蔬菜。虽然看着不太美味，但他的肚子早就饿得咕咕叫了，便立刻毫无怨言、狼吞虎咽地吃了起来。

杰克一边吃一边打量着所有的训练设备。有一件东西让他很好奇，形状像人体，但上面各个部位全都插着木块。他不禁开口问道："这是干什么用的？"

"练习击打人体的各个部位。"丽跑过去，开始用手击打着木头人的不同部位，招招有力。

"哇，太神奇了！"杰克惊叹。看着丽用力地击打着每一个木块，他也跃跃欲试，但他知道自己绝不可能做到像丽那样。

"我从三岁起就开始训练了。"丽告诉杰克，"我父亲常常向崇林提起，让他训练你，但你爷爷说你应该拥有一个'正常'的童年，像普通人类小孩儿一样无忧无虑，尽情玩耍，而不是像我一样，早早学着掌握法力，担起公主的责任。"她做着鬼脸说道，"但现在，你必须依靠自己，学会如何驾驭每只生肖神兽的力量。"

杰克一想到自己要使用神兽的力量，身上的疲倦便一扫而空。他拿出玉之币，正准备召唤一只神兽，结果所有的神兽都出现在他眼前，争吵着朝他身边挤来。丽饶有兴味地看着这一幕。

"选我吧，猛虎勇士！"戌狗吠了一声，神色激动。

"不行！我才是最能派上用场的神兽。"寅虎吼道。

"龙对战龙，才最合适。"辰龙打断道，她站在寅虎和杰克之间，红色鳞片闪闪发光。

西鸡在杰克的碗边，啄里面剩下的食物。贪吃的亥猪把他推开，刚要吞下一根吃剩的豆芽，西鸡又把那根豆芽从亥猪嘴里啄了出来。

“喂！你给我站住！”亥猪不满地追着西鸡在训练室内四处乱跑，顿时一幅“鸡飞猪跳”的景象。西鸡扇着翅膀，从一根横梁飞到另一根横梁，白色的豆芽菜像一条虫子般从他嘴里耷拉出来。最后，他停在一根椽子上，向后一仰脖子，把豆芽整个吞了下去。

“大家安静！”杰克喊道，“我需要思考。”他把那枚神奇的玉之币拿在手中翻来覆去地研究着。“是这样，我需要触摸生肖神兽，才能使用他们的力量。”杰克自言自语道，脑海中回忆着巳蛇是如何让他隐形的。“西鸡，你下来。让我看看你有什么能力！”杰克说着，把筷子平放在碗上摆整齐。看到西鸡飞下来落在杰克的肩膀上，亥猪咕哝了一声，略表不满。

杰克把玉之币握在手里，大喊道：“西鸡变身。”

一开始，什么也没发生，但后来杰克觉得自己的双脚渐渐地抬离了地板。刚开始上升速度很慢，然后越

来越快，直到他飞到了天花板上。杰克低头俯瞰丽和其他神兽们。这简直太不可思议了！然而，他发现自己根本无法控制自己的动作，抬眼望去，西鸡在疯狂地拍打着翅膀，但他真的飞起来了！杰克像直升机一样在房间里盘旋，然后他伸出双臂，试着像飞机一样飞行。

就在他刚觉得要掌握窍门的时候，身体变得越来越低，逐渐靠近地面。西鸡的力量正在减弱！

“这是怎么回事？”杰克困惑地问道，“我们为什么落地了？”

“咕咕咕！”西鸡回答道。

“他的意思是，在你完全掌握生肖神兽的力量并能完全变身之前，你只能控制神兽的力量这么长时间。”当杰克的脚触地时，子鼠向他解释道。

“哦，原来是这样。不过，神兽的力量真是太惊人了！”杰克心情激动地对酉鸡说。

“寅虎，下一个你来吧！”杰克非常期待使用寅虎的力量，虽然他不知道是什么力量，但肯定非常酷！

寅虎点了点头，说道：“要使用我的力量，我觉得去外面比较合适。我们可不想破坏公主的藏身之处。”

所有人都向屋外走去。丽跟在后面，脸上带着愉快的微笑。注意到这一点，杰克觉得自己好像又被人设了圈套似的。他忍住心中的紧张不安，用肩膀挨着寅虎的侧腹部，把玉之币抛向空中。“寅虎变身！”杰克的声音异常洪亮。他本能地伸出双手，想看看有没有什么变化。突然，杰克感到体内力量涌动，然后他的手掌里冒出了火球。这股力量并不像酉鸡的力量那样不好掌控，杰克发现自己似乎很适应这样的力量。这股力量让他觉得通体舒畅，好像他可以自如地控制它。

他转头看向寅虎，兴奋地笑着，寅虎也冲他点了点头。

“不错嘛！”丽笑着说，“我还以为会看到你火烧屁股呢！”

他们目光相遇，放声大笑。有那么一瞬间，杰克觉得也许他真的能掌握神兽的力量，也许他能打败冰龙。突然，一声尖叫响起，他们的笑声也戛然而止。

“快！我们走！”丽焦急地大喊道，“村子里有麻烦了！”

第六章

当杰克和丽飞快地赶回村子时，发现村里比之前更乱了，到处都是逃亡的景象。村民们紧紧抱着自己的贵重财产，争先恐后地朝村外蜂拥而去。见到村里乱成一团，丽作势就要冲进村里的中心市场，但杰克把她拉了回来。

“等等，丽，我知道你是能力超凡、骁勇善战的超级凤凰勇士，但我们难道不应该等一会儿吗？知己知彼，才能百战百胜。”这就像在玩儿电脑游戏，杰克心想，在知道自己将要面对的敌人是什么之前，通

常不会先一步进入战场，“我们先隐蔽观察，看看敌人的情况。” 他躲到一座建筑物后面，悄悄探出头，观察市场中的情况。丽思索了一下，立刻点了点头，和杰克一起躲了起来。“也许她觉得我还有点儿用。” 杰克心想。

这时，他们看见一个高大身影昂首阔步地走进了村子的广场，那人身着又长又重的袍子，头发乌黑蓬乱，气势逼人。只见他那瘦骨嶙峋的手中拿着一根闪闪发光的法杖，指甲又长又黄。他后面跟着之前袭击杰克他们的冰龙，还有一只体形稍小的黄色飞龙。那黄色飞龙口中不断窜出电流，吱吱作响，嘴巴旁边的浓密龙须也随之摆动。

当他们路过一个水果摊时，那名身材高大的男子笑了笑，一脸懒散和不屑，他抬起手中的法杖，轻轻碰了碰旁边的水果摊。摊子立刻炸开了，瓜果散落一地。难怪村民们如此惶恐不安，面对这样实力悬殊的强敌，他们毫无抵抗之力。

“是他！” 丽压低声音，脱口而出，“是龙王！他就是依靠手中那根法杖，才打败了我父亲。我们必须拿到法杖！”

“都给我滚出来，你们这些乡野村夫！”龙王怒吼道，“告诉我，凤凰和新的猛虎勇士藏在哪里。我的冰龙已经向我报告了，说他们在这儿胡作非为！”

杰克看见一个男子躲在一只木桶后面。冰龙也发现了那名男子，他抬起一只长满龙鳞的利爪，一把抓住男子，把他扔到了龙王脚下。

“说吧，他们在哪儿？”龙王语气冰冷地质问。他挥了挥法杖，那名男子不受控制地飘了起来，身体悬在半空中，两脚乱踢着想要挣脱。

“我就是知道，也不会告诉你！”那男子鼓足勇气瞪着龙王说道。

“哈——哈——哈！勇气可嘉！”龙王大笑道，“不过接下来，等你们知道我的命令后，再看看你和这村子里的人有多勇敢吧。听着！在日落之前，凤凰和猛虎勇士必须到我的宫殿里来，记着，一定不要迟到。如果到时他们没有出现，我就把你们都关起来，就像关押你们敬爱的玉帝那样！”说罢，龙王举起法杖砸向地面，砰的一声，那半空中的男子摔到地上，慌忙跑开了。此刻，龙王周身刮起一阵旋风，随后，他伸手指向电龙。

“毁掉这个破地方！”龙王沉声命令道，说罢就和冰龙一起消失在原地。

“不行，村民们会遭殃的！”丽满心焦急地说道，“我们必须做点儿什么，现在就做！”

杰克看了看周围的村民，他们都吓得四散而逃。“你说得对，我们不能让电龙毁了村子。现在我们需要一个计划……”杰克转头想找丽商量对策，却发现她早已不在原地。

只见丽正飞速向电龙冲去。电龙口中不断地喷射出强力电流，把周围的房屋炸得四分五裂。爆炸中飞起的瓦砾四溅，加上大火肆虐，村民们惊恐万分，尖叫着四处躲避。丽飞身跃到空中，身体快速旋转，变身成凤凰形态。她的羽毛呈扇形展开，色彩绚丽，两个爪子锋利无比，早已蓄势待发。

见此情景，杰克略显无奈 :“好吧，我想我们的计划就是直接冲上战场。”杰克低头盯着手中的玉之币，大脑飞快地转动。此时此刻，哪个神兽能帮上忙呢?

如果他使用酉鸡的力量，他就能飞了，或者说在某种程度上能飞吧。或者使用寅虎的火焰？这时他忽然想起了之前的对话：龙应该对阵龙……想到这里，杰克把玉之币抛向空中，大喊："辰龙现身！"

辰龙转瞬间就来到了杰克身边，严阵以待。

"你那时候说你的力量是什么来着？"杰克有些心虚地问道。

辰龙报以微笑："我的能力是控制水，这是龙族都拥有的力量。那边那条正在大肆破坏的龙是被诅咒了。对一条龙来说，口中喷出电流可太怪异了。"

杰克紧咬嘴唇。他知道水和电不能混合在一起，因为那真的很危险。但也许利用水电交融引起的触电危险，能让他在对付那条巨大电龙时有一丝胜算……

这时，辰龙那巨大的龙头忽然抬起，看向天空，杰克跟随她的目光抬头，看到凤凰正在攻击噼里啪啦释放电流的电龙。不料，电龙的实力不容小觑，只见他从眼里射出一股电流，直攻向凤凰。凤凰灵巧地躲开了前两次攻击，但电龙的最后一击击中了她的侧面。空中的凤凰像断了线的风筝，砰的一声重重摔在地上。

“丽！”杰克惊呼。眼见电龙已经俯身向丽冲去，杰克明白他和辰龙必须抓住时机，迅速行动。杰克将一只手放在辰龙背上冰冷的鳞片上，瞬间感觉到辰龙的力量流遍他的全身。

“找到一处水源。”辰龙冷静地告诉杰克。杰克意识到他能感知到水源就在附近，凉爽宜人。他抬起另一只手，水马上就像瀑布一样从附近的井里涌了出来。与此同时，电龙正朝凤凰逼近，张开血盆大口，准备喷出电流攻击凤凰。

“丽！躲开！”杰克大声喊道。凤凰迅速翻身一滚，拉开了和电龙之间的距离。杰克猛然朝电龙伸手，一股强大的水流喷了出来，像巨大的激流般倾泻而下，从头到脚浇透了电龙。电龙浑身湿透，嘶嘶作响，不断发出爆裂声，然后摔倒在地，鼻孔里还冒出缕缕黑烟。见到电龙被打倒在地,杰克的手离开了辰龙的身体，同时感觉到她的力量正从自己的身体中抽离。

他们成功了！他做到了！杰克盯着地上奄奄一息的电龙。或许他最终能胜任猛虎勇士！丽站起身来，一

眨眼的工夫又恢复了人形，朝趴在地上的电龙跑过去。她愤恨地用膝盖使劲抵住了他的肚子。

“我父亲在哪儿？”她大声质问。杰克立刻跑过去，辰龙紧随其后，随时准备对付电龙。

“饶命啊！饶命啊！”黄色电龙叫道，鼻子里依旧冒着滚滚浓烟，“我什么都可以告诉你——求你们不要再给我淋水了。龙王为了报复，把你父亲关在了神山下。”

“那我们怎么把他救出来？”杰克问，同时把手悬在辰龙的身边，心中警惕着，万一电龙趁机偷袭，他就再把这头恶龙浇个透心凉。

“是碧玉法杖，是法杖的法力把玉帝封印了。”话音刚落，电龙终于支撑不住，头朝下砰地摔在了地上。杰克觉得电龙再无力反抗了。然而事实正相反，电龙之所以头朝下，是因为以这个姿势，他的爪子就可以触到额头中间一颗紫色的小宝石。

“你在干什么？”丽大喝一声。

这时，天空中响起龙吟。

“哦，不！他把冰龙召唤过来了，你快看！”丽大声喊道。

“我在这里！”辰龙用她的身体碰了碰杰克。但是，杰克心中有个声音告诉他，这个时候他需要的不是水的力量——毕竟，水怎么能抵抗冰呢？

“沉下心来思考！”杰克自言自语道。寅虎拥有火的力量，但这对付不了电龙……而且丽也不可能永远钳制着电龙。杰克心知他需要一种力量，能把这两条恶龙一举击败的力量。突然，他想到了一个主意。

“对不起，辰龙，但现在我需要使用其他神兽的力量。丑牛现身！”杰克一边把玉之币抛向空中，一边喊道。辰龙消失了，力大无穷的丑牛出现在杰克眼前。她一脸困惑，还在不停地甩着尾巴。“你是召唤我吗？”丑牛慢吞吞地说。

“当然！你力大无穷，对吧？”说罢，杰克抬起头，发现冰龙正朝他逼近。

“杰克！快点儿！”丽声嘶力竭地喊道，同时用尽全力控制住电龙。

“希望这能管用。”杰克喃喃自语。他用脚触碰丑牛的蹄子，瞬间感到自己的肌肉变得结实起来，超强的力量涌进了他的身体。

“丽，我数到三，你就放开电龙，把路让开。”杰克说道。

“你疯了吗？”丽听到这话，脱口而出，“如果我让他跑了，我们就得对付他们两个！”

“相信我，我以前就这么干过。”杰克说着，但并没有提起的是，他以前是在电脑游戏中这么做过，“冰龙不会想伤及自己同伴的。”

“好吧，但如果你……”话没说完，丽就看到了自己头顶上冰龙的影子，赶忙提醒杰克，“他来了！”

“一、二、三！”丽敏捷地从电龙身上跳开。这一刻电龙还以为自己重获自由了，他挣扎着想站起来。然而正当冰龙靠近，杰克一把抓住了电龙，把他高高举起，挡在自己和丽的前面，作为他们的护身盾牌。电龙扭动着身体，不断想要挣脱，但此时杰克的双臂中涌动着丑牛那足以拔山的巨大力量，他用双臂轻松地举着巨龙，他甚至觉得自己可以举起一整座城！

然而，让杰克没想到的是，冰龙压根儿不在乎他的同伴。冰龙张开血盆大口，口中尖牙清晰可见，随后他咆哮一声，一阵冰冷刺骨的寒冰之力直直地朝他们射过来。

当寒冰击中电龙那遍布龙鳞的背部时，电龙立刻痛苦地尖叫起来，身体止不住地在杰克的手中颤抖。电龙的身体覆盖上一层冰霜，不一会儿，便从头到尾全都冻僵了。彻骨的寒冷刺痛了杰克的双手，他忍不住松开手。电龙砰地摔落在地上，在他脚下碎裂成无数个小冰碴儿。

“你怎么能这样做？他可是你的同伴。”杰克对着飞离的冰龙喊道，依然不敢相信刚刚冰龙的所作所为。杰克拂去手上的冰，不断向手掌中哈气，努力让手掌变暖。

“消灭了一条龙！走了另一条龙！”丽说着，耸了耸肩。

“太好了！”杰克举起手，想要击掌庆祝。只见丽一动不动地盯着他，随后，她迟疑地也以同样的方式举起手。杰克兴奋地向前和她击了一下掌：“这叫击掌！意思是我们成功地做成了一件事！”

“可是，我觉得我们现在庆祝为时尚早。”丽说着，瞥了一眼天空，“我们还有一条龙要对付——他看起来非常、非常生气！”

第七章

杰克抬头一看，果真如丽所说，冰龙正向他们扑来，怒气滔天的模样，看起来比之前更可怕了。

丽纵身一跃，再次变身成凤凰形态。她腾空而起，展开翅膀准备战斗。只见她的动作疾如雷电，一下子就蹿到了冰龙的上方，这一动作暂时迷惑住了冰龙。但杰克心里清楚，要想打败冰龙，他们需要能与冰之力抗衡的力量。现在是时候拿出王牌啦，那就是寅虎的火之力！

杰克向空中抛起玉之币，大声喊道：“寅虎现身！”

眨眼间，威风凛凛的寅虎出现在了杰克的身边。“准备就绪，随时出击。”他咆哮道。

杰克翻身骑到寅虎的背上，感觉到自己的手上有热量传来。那是火之力。那强大温暖的力量又涌进了他的身体，感觉棒极了！

“我从上面进攻！”丽向杰克喊道，急速盘旋一圈儿，然后疾风似的冲到了冰龙上方。她展开翅膀，羽毛上射出闪电般的能量攻击，密集猛烈地袭击冰龙的背部，只见冰龙在空中摇摇晃晃，动作慢下来一些。

杰克早就蓄势待发，他迅速抓住时机，瞄准冰龙，向他射出两团火球，不料冰龙竟躲开了。杰克并不气馁，疾速发起第三次攻击，炽热的火球飞向空中，差一点儿击中凤凰。

杰克倒吸一口气：“我差点儿误伤了丽。”

“不要总往坏处想，”寅虎咆哮道，“只要我们齐心协力，一定行！拿出你的气势来，要对自己有信心，告诉你自己，‘我是猛虎勇士！’”

“我是猛虎勇士！”杰克大喊一声，气势如虹。天空中，冰龙深深地吸了一口气，然后飞向村庄，准备

使用寒冷至极的冰之力，给村庄致命一击。就是这一刻，杰克心中明白机不可失，时不再来！他发现了冰龙身上暴露出的防守空当，迅速瞄准，两颗火球从他掌中射出。杰克和寅虎看着火球划过天空，心都提到了嗓子眼儿，只见火球终于击中了冰龙的胸膛。

冰龙的身体刹那间裹上了熊熊烈焰，火势扩大，冰龙抵挡不住，砰的一声爆炸了。紧接着，细雨从天空中落下,原来是冰龙的身体融化成水了。见到这一幕，丽展开她的双翼，从翼尖射出了条条光柱，如烟花般绚丽多彩。冰龙被打败了！

“我们做到了！”杰克激动万分地喊道。

“是你做到了！”寅虎郑重地说道，肯定了杰克的能力，“我说过，你是猛虎勇士，你一定行的！”

杰克从寅虎的背上滑下来，一脸自豪地站在寅虎身边。这时，凤凰飞回地面，恢复了人形。现在恶龙消失了，周围响起了吱吱嘎嘎的声音，原来是门被慢慢打开了，一直躲在门板后面观望的村民们蹑手蹑脚地走了出来。然后他们有人拿着锅，有人拿着勺子，还有人拿着其他能发出响声的东西，乒乒乓乓地开始敲打起来，为他们的少年英雄欢呼庆祝。有人还在集市各处放烟花，那些绚烂的烟花照亮了天空，之后还嘶嘶地转了几个圈儿，才爆开色彩斑斓的光点。其他生肖神兽们也都从玉之币中出来，围绕在杰克和寅虎身边。

“敢问，这位少年英雄尊姓大名啊？”一个村民上前问道。

“他是新一任的猛虎勇士！”丽向村民们大声宣布。

“你今天初次亮相,表现还不错。”她开玩笑地说着，还轻握拳头，友好地在杰克的胳膊上撞了一下。

杰克对她会心一笑。他心中非常高兴，因为他找到了同伴，自己不是孤身一人作战了。

申猴爬到杰克的腰上，伸出手来和杰克击掌庆祝。

“寅虎、辰龙、丑牛……你们做得很好。谢谢你们把力量借给我！”杰克由衷地感激生肖神兽们，这一刻神兽们也和杰克互通心意，全都围绕在他的脚边。

“你的表现也非常出色——对于一个少年勇士来说！”寅虎说道。

“若是你父亲看到你今天的英勇和无畏，一定会为你感到骄傲的。”辰龙说着，低下了她的大脑袋，龙须几乎碰到了地面。

杰克猛然想起爸爸也是猛虎勇士，急切地开口说道：“对啦——你们肯定认识他。”他的爸爸肯定也曾来过这里，像他现在这样，跟生肖神兽们聊天。

“我们会告诉你关于他的一切。”未羊看穿了杰克的心思。

杰克转过身来，看着丽，想知道下一步行动是什么。只见她凝望着远处的神山，脸上表情有些凝重。

“我父亲……”她指着那座山说，“仍然被困在那里。这一切还没有结束。”

“那接下来，我们该怎么办？”卯兔问道。

“看来，我们不得不去龙王的宫殿了，到那里之后，要想尽一切办法毁掉龙王手中的法杖。这是解救我父亲唯一的办法。”

“丽，等等。”杰克急忙出声，抓住了丽的胳膊，想在丽变身成凤凰之前，阻止她冲动行事，“先别着急行动，我们先计划一下。想想看，现在龙王不知道他的两个手下被我们消灭了，假如我们能悄无声息地溜进去把法杖偷走，就既能避免一场大战，又能解除束缚你父亲的咒语，把他救出来。”

“也许吧。这个计划听起来不算糟糕。”丽犹豫地说，“好吧，我接受你的提议。咱们来比比谁先到那儿！”话音刚落，丽已经旋转变身，化身为凤凰冲天而起。当她拍打翅膀时，那凤凰独有的羽毛色彩斑斓，在空中光彩夺目。紧跟着，杰克向空中抛起玉之币。

“午马现身！”他大喝一声，翻身上马，然后他们一起赶往碧玉王宫。

当他们偷偷地溜进碧玉王宫时，杰克简直不敢相信自己的眼睛。宫殿巍峨壮丽，院落众多，宛如仙境。

主殿雄伟，直插云霄。在他的想象中，宫殿是深绿色的，然而眼前的是红色大殿，屋顶飞檐翘角，金光闪闪。殿门口立着石头神兽，把守着门口，威严气派。门口还站着守卫，正在为他们的新主人看家护院。此时，丽变回人形，午马也回到了玉之币空间内，他们从侧门进入了宫殿。

“没人知道这个入口。”丽轻声说道，她带着杰克穿过一条漆黑的隧道，来到了一个富丽堂皇的房间里。只见屋内陈设着琳琅满目的装饰品，当杰克看到比他还大的巨幅卷轴画和金色雕像时，他顿时瞠目结舌。屋内还有很多玉制花瓶，精致地摆放在细长的立柱上。

“这些都是我父亲的收藏。其中很多都是受过他恩惠的人送的礼物。”丽说道，“正殿就在那边。我们需要时刻保持安静，以免被发现。”听罢，杰克点了点头。

他们悄声绕过一个角落，看到龙王正坐在御座上，旁边还站着两个守卫。那个神奇的法杖就斜放在御座边上。龙王看起来比之前更难对付了，当他打哈欠时，杰克甚至可以看到他那张大嘴里参差不齐的尖利的牙齿。杰克心中感叹，龙王的人类形态竟然也如此可怕。

丽和杰克远远地看着龙王和他的一个守卫说话。

“我要去找他算账！”丽压低声音，愤恨地说道，准备向龙王冲去。

杰克赶紧伸手拉住她：“等等！丽！我有个主意。我可以试试在别人看不见我的情况下拿到法杖——我可以使用巳蛇的隐身能力。”

杰克看得出丽心急如焚，想要找龙王报仇，但她还是利落地点头同意了，说道：“我帮你分散龙王的注意力，你到时候见机行事。”

“好的！”杰克说道，心中期盼这次计划可以奏效。“巳蛇！”杰克压低声音喊道。巳蛇一出现就爬上杰克的手臂，缠绕起来。

“你准备好了吗？”丽问道，说罢竟举起手来，准备和杰克击掌。见此情景，杰克咧嘴一笑，轻快地抬手击掌。

“当然，一切就绪。”杰克和巳蛇异口同声道。巳蛇缠绕在杰克的手臂上，当杰克的身体慢慢消失时，他又感受到了那种身体融化般的奇妙力量。

丽缓缓地从角落走出来，进入殿内，走向龙王。此刻，龙王正懒洋洋地坐在御座上，不断地用他那长指甲轻敲着扶手。杰克踮着脚尖，沿着大殿墙壁小心地行进着，尽量避开那些装饰物的底座，上面放着的每一件物品看起来都价值连城。

“你这个叛徒，立刻放了我父亲！”丽双手叉腰，朗声说道。电光石火间，守卫们向她冲过来，然而龙王却挥了挥手，示意他们退下。

“哦？是丽公主啊，你是来投降的吗？”龙王不屑地哈哈大笑。杰克蹑手蹑脚地朝御座爬去，眼见那法杖近在咫尺,他只需要再往前走几步就能得手了。然而，杰克此时却感觉到巳蛇的力量正慢慢消失，他拼尽全力想要控制巳蛇的力量。

只听巳蛇倒抽一口气：“哦，不……抱歉，杰克。”

她低声说着。杰克低头看向她，发现自己的胳膊又开始显形了。

龙王猛地转头，看到杰克，邪恶地笑了起来。巳蛇见杰克暴露，更加用力地缠住杰克的胳膊，想让杰克重新隐身，然而丝毫不起作用。

“啊！暴露啦！”杰克无奈地说道，此刻他的整个身体都暴露在外了。

“哈哈哈……你们两个乳臭未干的小毛孩儿，真是让我笑掉大牙，你们真的以为这样的小伎俩能骗过我？真是太愚蠢了！”龙王放肆大笑,露出他那凶狠的牙齿，“作为一个猛虎勇士，就这么点儿本事，真是不值一提啊。我都替你的祖先们感到可悲……”他从御座上站起身来，挺起他那瘦骨嶙峋的高大身躯。杰克连忙站到丽的旁边，双目正视着龙王。

“可悲？你凭什么这么说？”杰克心中升起一丝怒火。从没有人敢这样说他的祖先！他继续道：“我会再次把你那蜥蜴屁股压在神山下，让你毫无还手之力，你迟早还得回那儿去！”

“闭嘴！”龙王啐了一口，“你们两个不过是小毛孩儿，能有什么本事打败我！”

“你说得对，我们就是小毛孩儿，可正是我们两个小毛孩儿消灭了你手下那两条恶龙！他们被我们打得灰飞烟灭了！”丽得意扬扬地说道。这些话成功引起了龙王的注意。他抬了抬眉毛，一时间杰克觉得他看起来很担心。然而这时，龙王完全挺直了身子，杰克发现自己错了，龙王那根本不是担心，而是被惹恼了，怒火冲天。

“如此的话，那我就必须亲手杀了你们！”龙王怒吼一声。刹那间，他的身体幻化成一圈圈黑色和绿色的光圈，随后一条超级巨龙腾空而起。

第八章

此刻，龙王飞腾在空中，居高临下地俯视着杰克，气势逼人。杰克慌慌张张地摸索着玉之币，拿出来的时候差点儿将它掉到地上。尽管他刚刚才和丽并肩作战，打败了那些龙，但是眼前的龙王有之前那些龙的四倍大。他巨大无比的龙头上长着水蟒般粗壮的龙须，背上布满炭黑色的龙鳞，像厚厚的铠甲。他双眼闪着红光，看起来就像是游戏关卡中最后一关的终极敌人，实力强大，难以轻易战胜。要想打败他，游戏玩家需要多次尝试。然而，这不是虚拟世界的游戏，杰克和丽也没有好几条命。

丽一跃而起，飞身旋转，变身为凤凰形态。她在空中盘旋着，朝龙王射出那闪电般的强力攻击。不料，这些攻击对龙王来说就像是挠痒痒，丝毫不起作用，龙王那厚厚的龙鳞铠甲把攻击全都阻挡在外。

“寅虎！”杰克大吼一声。他翻身跃到寅虎的背上,用尽全力向龙王连续投掷火球。出乎杰克意料的是，龙王虽然体形庞大，但是行动起来却异常灵活，他那蛇形的身体来回扭动，恰到好处地躲过了每一次的火球攻击。

说时迟，那时快，龙王的尾巴朝他们甩了过来，把杰克和寅虎双双撞倒在地。龙尾重重地压在寅虎身上，一只锋利的龙爪狠狠地压制住杰克。杰克被困住了，更糟糕的是,他碰不到寅虎了。杰克倒吸一口凉气，因为他

感觉到寅虎的力量正从他身上慢慢流失。在这关键时刻，他又变成了一个普通的人类小孩儿。丽从龙王头顶飞过来，使劲啄那只抓着杰克的龙爪，但没有奏效。她救不了杰克。她又飞了起来，试图从另一个角度攻击，但也没用。

杰克扭动着身子，在锋利的龙爪下挣扎着，艰难地向寅虎伸出一只胳膊。寅虎已经被巨大的龙尾压得动弹不得，奄奄一息。然而不管杰克怎么奋力挣扎，他就是摸不到寅虎。

龙王见此情景，不屑地一笑。此时杰克心中只有一个念头，要是能依靠自己完成寅虎变身就好了。但他不知道该怎么做。他拼命地回想爷爷的话。在他穿过光圈传送门之前，爷爷对他说了什么？他想到了，爷爷说过要驾驭猛虎需要勇于挑战、不惧困难的精神。但这意味着什么呢?

杰克闭上眼睛，深吸了一口气，努力回想寅虎曾对他说的话 :“不要总往坏处想。拿出你的气势来，只要我们齐心协力，一定行！要相信自己。”杰克瞥了一眼寅虎，虽然他仍然被龙尾压在那里，但他向杰克点了点头，似乎与杰克心意相通。

“我是猛虎勇士。我就是猛虎勇士！”杰克不断地重复着，声音越来越大。他想象着寅虎的火之力量在身体的每一条血管里奔涌，汇集在手掌中并爆发出来，裹着烈焰的火球在掌中跳跃，那感觉多么美妙啊！他回想起当初自己第一次接触寅虎的力量时，那种与生俱来的熟悉感觉！他回想起他和他的爸爸、爷爷一样，都是在虎年出生的。他一生下来就注定是猛虎勇士！就在这一瞬间，杰克觉得自己和寅虎心意相通，力量又联系在了一起。他的手指紧紧地抓住玉之币，触摸到那冰冷的表面，他屏住呼吸，把玉之币抛了出去。

“寅虎变身！”杰克大喝一声。他感觉到寅虎的力量在他的每一个细胞里激荡，能量充沛，传遍四肢百骸。这一次，他不是在使用寅虎的力量，而是在使用他自身的猛虎勇士的力量。

杰克怒吼一声，身上燃烧起炽热的火焰，龙王忍受不住，号叫一声把他放开了。杰克终于挣脱了，当他经过一个巨大的花瓶时，他从中看到了自己的样子，那是一只身形庞大的猛虎，身上的条纹像火焰一样炽

烈。他每走一步，都在地板上留下一个火红的脚印。杰克以疾风闪电之势朝龙王扑过去，锋利无比的爪子狠狠地抓上了龙王的背。龙王痛苦地尖叫起来。他立即转身正面迎战猛虎勇士，心中怒火滔天，愤怒的龙吟把大殿中的柱子都震得摇晃起来。

龙王猛地扑向杰克，飞快地伸出利爪，直冲杰克猛虎形态的喉咙。但杰克现在实力强劲，毫不畏惧。只见他腾空而起，落在龙王的头上，火焰般的爪子灼烧着龙王的皮肤。龙王想把他甩出去，但杰克的爪子像钩子一样紧紧地抓着龙王。

丽见到机会来了，飞速变回人类形态，冲到御座前去拿法杖。龙王用余光瞥见了这一切，刹那间就像旋风般穿过房间向她袭来。龙王速度之快，一下把杰克甩到了地上。龙王直直逼向丽，就快要扑到丽身上时，只听丽大喊一声："猛虎勇士！"

丽边喊边把法杖抛向空中。眼看着法杖飞在空中，杰克心里无比清楚，这是他唯一能扭转局势的机会。突然，他想起了爷爷在家里给他演示的那个招数。对！就是飞踢！这时，龙王转过身来，想去拿法杖，他张开大嘴，向法杖咬去。杰克咆哮着跳向空中，猛虎有力的身体扭转着，奋力踢出一脚，正中龙王的下巴，把他重重地踢到了墙上。

杰克纵身一跃，用他的虎牙稳稳地咬住了法杖，当即用尽全力把法杖摔在地上。砰的一声，法杖碎裂成千千万万的碎片，在空气中消失了。法杖的力量消失后，龙王又恢复了人形，战战兢兢地蜷缩在角落里。

这时，杰克也恢复成人类形态，他感到体内猛虎的力量逐渐消失。忽然之间，碧玉王宫的墙壁开始摇动。

“地震了。”杰克喊道，“快，我们走！”

然而，丽却一脸欣喜地说：“这不是地震……”她咧嘴一笑，“是我的父亲。他得救了，他要回来了！”

第九章

一时间地动山摇，正殿之中也开始剧烈摇晃，杰克几乎站不稳。此时，一道闪电击中了御座，顷刻间，房间里浓烟滚滚。当烟雾散去，御座上早已坐了一个人。仔细一看，一个留着胡须的老人缓缓抬起肩膀，睁开了眼睛。当他看到丽时，一展笑颜。他身穿绿色的丝绸长袍，看上去尊贵威严。虽然他的脸色看起来很疲倦，但即使被囚禁在山下几天，也丝毫未损玉帝的威严与力量。只见他站起身，张开双臂。

“快过来，我的孩子！”他说道，语气难掩思念与担忧。

“父亲！”丽冲过去抱住父亲，大哭了起来。

玉帝眼神瞥到瘫倒在地的龙王，随即脸色一沉。“过来！”玉帝沉声命令。看着龙王趺趺撞撞地走向玉帝，在玉帝脚下跪倒，杰克心中既感慨又讶异。

“原谅小人吧。”龙王跪地乞求，双手高举试图得到原谅。

“正是因为那一次相信你，让我吃了大亏。原谅你？休想！”玉帝咬牙切齿地说道，“滚回神山下去吧。”

然而，龙王却迟迟未动，准备伺机而逃。他锐利的目光狠毒地瞟了一眼杰克和丽，突然双掌一拍，消失在一阵烟雾中。

“我们要去追他吗，父亲？”丽急忙问道。

玉帝却摇了摇头：“他已经逃去了我们无法追击到的地方——灵界。但他一定会卷土重来，再次袭击碧玉王国，甚至其他世界。当再次迎战他的时候，我们必须做好万全的准备。”

说罢，玉帝转过身来看着杰克，上下打量着他，好像是刚刚才注意到他似的。

“看来这位少年英雄就是我们新的猛虎勇士吧。”玉帝欣慰地说道。

“是的，先生，殿下……陛下……”杰克心中紧张，有点儿语无伦次，随后便低下了头。

“你的祖先会为你今天的英勇行为感到骄傲。”玉帝说道。丽站在一旁，还在为龙王的逃跑而愁眉苦脸：“我不明白为什么我们不能永远地驱逐龙王，父亲，尤其是他还杀死了朱龙……”

听到这话，杰克倒吸一口凉气，一阵寒意传遍全身，像被电击一样，僵在原地：“是龙王杀了我爸爸？”

“你竟然不知道吗？”丽问道，一脸惊恐。

杰克木然地摇了摇头。

“是的，你父亲的的确确是被龙王杀死的。”玉帝认真地说道。此时此刻，杰克心里五味杂陈，思绪翻腾。

似乎感应到杰克不安的

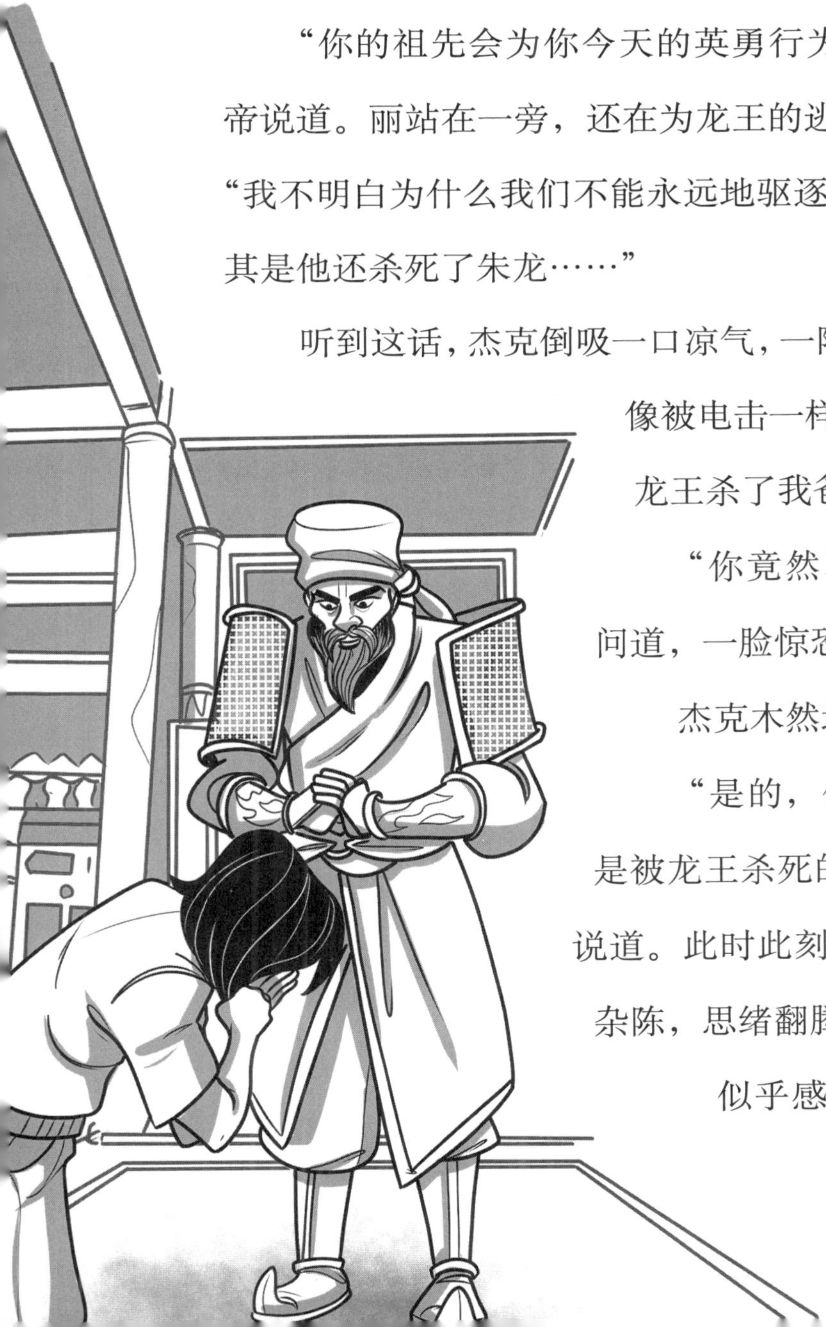

状态，玉之币光芒闪烁，十二生肖神兽纷纷现身，每个神兽依旧像往常一样，周身闪耀着颜色各异的光芒。辰龙蹭着杰克的身体，努力安慰他，卯兔轻柔地抚摸着杰克的脚，申猴的一只长胳膊环在杰克的肩膀上。

知道了爸爸为什么会去世，杰克心中悲痛万分，神情冷酷。这一刻，他下定决心要学会驾驭十二生肖所有的力量，然后，有一天，他要为他的爸爸报仇。

玉帝好像看透了他的心思，摇了摇头，语重心长地对杰克说道："你非常有潜力，前途无量，年轻的猛虎勇士。但是你现在要做的是刻苦训练，专心和凤凰一起练习，成为一支所向披靡的战队，而不是一心想着复仇。因为仇恨会改变一个人的本心。就像现在的龙王，他被复仇驱使，蒙蔽了双眼。你不会想成为像他那样的人吧。"玉帝突然双手一拍，啪的一声，把杰克和丽吓了一跳，"但现在，你该回家了。"

杰克点了点头。他今后一定会刻苦训练，让自己变强大，守护碧玉王国……但总有一天，龙王会为他的所作所为付出代价。

"谢谢你们帮助我。你们每一位的帮助都让我感动。”杰克说着，一一看向十二生肖神兽和丽。

“再见了！猛虎勇士。”丽举起手来，想要击掌。杰克愉快地回应她，和她击掌。见到这一幕，玉帝不解地扬起了眉毛。

“父亲，在杰克生活的世界里，这个动作是庆祝胜利的方式。”丽解释道。说罢，她朝杰克深深地鞠了一躬，满是诚意：“这个是我们这里的道别方式。后会有期，杰克！”

杰克向丽和玉帝鞠躬道别，随后向空中抛出玉之币。“回家。”他按照爷爷之前的叮嘱，说出回家的口令，但那感觉好像是很久以前的事了。

光圈入口打开了，杰克迈步走了进去。

爷爷的房间还是杰克离开时的样子，依旧摆满了爷爷那些中国风的小玩意儿和一碗薄荷糖。爷爷还在床上呼呼大睡，鼾声震天。

回到爷爷的房间，杰克的心情久久不能平复，尤其是在经历了一场奇妙的冒险之后，再次回到熟悉的家。他摸了摸口袋，确定这不是一场梦，口袋里确实有一枚神奇的硬币，可以打开通往其他世界的大门。

突然，酉鸡出现了，拍着翅膀喔喔喔地大声啼叫。这一叫惊得爷爷猛地坐起身来，眼睛睁得大大的，想弄明白这骚乱从何而来。

“杰克！爷爷！”此时，妈妈的叫声从走廊里传来。杰克以最快的速度抛出玉之币，然后低声说道：“酉鸡！”——转眼间酉鸡消失了，与此同时，门也被打开了。

“怎么回事？”妈妈怀疑地问，不断地打量着爷爷的房间。杰克发现一根闪闪发亮的羽毛落在地板上，连忙不动声色地把它踢到了床底下。

“什么事也没有！”爷爷和杰克齐声说。

“爷爷要和我一起玩儿电脑游戏。”杰克脱口而出。

“真是奇怪，我刚刚明明听到了……鸡叫或者鸭叫之类的声音。”妈妈狐疑地看了看房间四周，然后出去了。爷爷急忙下床，过去把门关上。他带着杰克到床边坐下，脸上满是期待，紧接着就听到他冒出了一连串的问题。

“快告诉我你经历的一切！你在碧玉王国的小假期过得开心吗？那里的蛋挞味道天下第一，我说的没错吧？”

杰克坐在床边，听着爷爷连珠炮似的问题，不知从何说起。他弯下身子，紧紧地搂住爷爷的胳膊，开口说道：“爷爷，您绝对不会相信发生了什么。龙王逃出来了，还派了两条恶龙去摧毁一个村庄。玉帝被龙王关押起来了，我和凤凰不得不想尽一切办法破坏那根法杖。然后我想起您和我说过，我必须要学会驾驭猛虎的力量，也想起来您之前给我演示过的飞踢……”杰克一股脑儿说了这么多，停下来喘了口气。

“慢点儿，慢点儿！”爷爷听着杰克的话，不由得心惊肉跳，“龙王回来了？你还和他打了一架？”

“没错！我以为我们要完蛋了，再也见不到您了。但后来，我真的做到了，我成功了，爷爷！我完成了猛虎变身，就像您一样！”

杰克向爷爷事无巨细地描述了自己的经历，包括怎样在关键时刻驾驭了猛虎的力量等等。爷爷听着这一切，目光炯炯。最后，爷爷笑了，用力一拍自己的大腿，万分激动。

“那你现在就是货真价实的猛虎勇士了。你拥有了猛虎的无畏心志和飞龙的强大实力……尽管你还是个骨瘦如柴的学生！”爷爷看着杰克又笑了起来。

这时，杰克忽然想起了什么。“我知道了爸爸的事……”杰克神情无比悲伤地说。

爷爷的表情变得沉重起来，郑重地说道：“对不起，杰克，我以前没有告诉你。你爸爸牺牲的时候，很英勇。看到你现在这样，他会为你感到骄傲的。但现在，你还有很多东西要学。总有一天，你还会再次与龙王正面交锋的，这是猛虎勇士的命运。”

“到那时，我一定会准备好的。”杰克说着，凝视着爷爷的眼睛，“我保证！”

本篇故事结束。

下一篇《猛虎勇士：狐妖之战》中，杰克将重返碧玉王国，等待他的将是什么奇遇呢？敬请期待！